ÉPITRE

A

CHATEAUBRIAND.

ÉPITRE

A

CHATEAUBRIAND.

PARIS,

DE L'IMPRIMERIE DE GILLÉ.

1806.

EPITRE

A

CHATEAUBRIAND.

O toi de qui la plume élégante et hardie
Prête à la vérité tout l'éclat du génie ;
Toi qui dans tes écrits pleins de verve et de feu,
Des affronts de l'athée as su venger ton Dieu,
Noble Châteaubriand, permets que mon offrande
Aux lauriers de ton front ajoute une guirlande ;
Je sais que de ma voix les timides essais
S'efforceraient en vain d'augmenter tes succès ;
Mais en as-tu besoin ? déjà la renommée
Vante par-tout ton nom à l'Europe charmée ;
De tes rares talens chacun connait le prix,
Et ta gloire est par-tout où l'on voit tes écrits.

Garde donc de penser que j'aille en cet ouvrage,
D'un vil adulateur emprunter le langage,

Déifier ton nom, t'élever des autels,
Et te faire l'objet du culte des mortels :
Ma voix, dans l'art des vers encor faible et novice,
Ignore comme on peut employer l'artifice,
Et si, pour te louer, il m'eût fallu mentir,
A garder le silence on m'eût vu consentir.

Ne pense pas non plus, qu'écrivain téméraire,
J'aille outrager ici les mânes de Voltaire ;
Insulter Montesquieu, d'Alembert et Rousseau,
Et troubler lâchement la paix de leur tombeau.
Gloire et respect aux morts ! honneur à leur génie !
On peut aimer Voltaire et non l'Académie :
Cessez, petits auteurs, dans votre sot orgueil,
De poursuivre Rousseau jusques dans son cercueil ;
De ces grands écrivains respectez la mémoire ;
L'un de vous est-il donc le rival de leur gloire ?
Est-ce ce bel esprit, ce hâbleur fanfaron,
Tout paré des larcins qu'il a faits à Fréron ?
Est-ce ce lourd pédant dont la plume insolente
Exhale en vains discours sa colère impuissante,
Et qui pour mieux prouver ses principes chrétiens,
Dit du mal de Tacite en louant les anciens ?
C'est en vain qu'aujourd'hui, cette troupe insensée
Veut chasser la raison et bannir la pensée,

En vain prétendent-ils dans leurs jaloux efforts
Déchirer à la fois les vivans et les morts ;
Le grand homme se rit de leurs faibles outrages.
Tels, au plus haut des cieux on voit d'épais nuages,
Du soleil un instant arrêter les rayons;
Mais bientôt foudroyant leurs obscurs bataillons,
Le Dieu lance par tout des torrens de lumière,
Il poursuit en vainqueur sa brillante carrière,
Et tout resplendissant de force et de beauté,
Sur son char triomphal s'avance avec fierté.

    Laissons donc ces suppôts d'erreur et d'imposture
S'ériger en tyrans de la littérature,
Laissons de leurs clameurs retentir les journaux.
On peut plaindre les fous, on méprise les sots :
Dussent-ils entasser dans leur plate manie
Autant d'in-folio que l'Encyclopédie,
N'allons pas écouter leurs rapports séducteurs,
Et sans prévention jugeons mieux les auteurs :
Du siècle qui n'est plus, interrogeons la cendre ;
Mais à flétrir son nom gardons-nous de descendre;
Ecartons de l'erreur le funeste bandeau,
Et que la vérité nous prête son flambeau.

    Comme on voit le soleil, ce monarque des mondes,
A l'approche du soir s'incliner vers les ondes,

Des forêts et des monts colorer le penchant,
Et de ses feux encore embrâser le couchant ;
Tel Louis, atteignant la vieillesse glacée,
Conservait les débris de sa gloire passée,
Et de la royauté déposant le fardeau,
Grand par ses souvenirs, descendait au tombeau ;
Turenne n'était plus ; mais rival de sa gloire,
Villars, sous nos drapeaux, ramenait la victoire,
Et Denain avait vu du haut de ses remparts
L'Anglais épouvanté s'enfuir de toutes parts.
Corneille avait fini sa brillante carrière,
Melpomène aux douleurs se livrait toute entière ;
Mais Rousseau, n'écoutant que ses nobles transports,
Enfantait chaque jour de plus brillans accords,
Et savait allier, dans son heureuse audace,
La harpe de David à la lyre d'Horace.
Fénélon, sage aimable, et rival de Nestor,
Instruisait Télémaque aux leçons de Mentor ;
Bossuet adressait dans sa mâle éloquence,
A l'ombre de Condé les regrets de la France,
Et dans nos temples saints sa redoutable voix,
Au nom seul du Seigneur faisait trembler les Rois :
Fléchier, moins énergique et non moins plein de charmes,
Sur Turenne au tombeau faisait verser des larmes,

Et lorsqu'en des instans de regrets et de deuil,
Les Chrétiens, de Louis entouraient le cercueil,
Quant la nef des lieux saints répétait leurs cantiques,
Massillon écoutait ces chœurs mélancoliques,
Et sa voix s'animant à ce lugubre chant,
Faisait tonner ces mots : Chrétiens, Dieu seul est grand.

Mais bientôt tout marqua la triste décadence,
Qui déjà menaçait les beaux jours de la France ;
Le sceptre vint tomber dans les mains d'un enfant,
Et pour le soutenir, on nomma le Régent. . . .
Le Régent !. . . avec lui la licence effrontée,
Sur le trône des Rois semblait être montée ;
De titres et d'honneurs le vice revêtu,
Par son faste honteux insultait la vertu ;
Les coupables semblaient orgueilleux de leurs crimes ,
Pour compter leurs succès, ils comptaient leurs victimes ;
On ne vit plus alors que d'indignes flatteurs,
D'un ministre odieux, lâches imitateurs ;
La vertu ne fut plus qu'une sotte faiblesse ;
L'impudence devint la suprême sagesse ;
De la nature même on outragea les droits,
Des ministres du Ciel on méconnut la voix ;
Et bientôt entraînant une foule servile,
Les vices de la Cour infectèrent la ville.

Des écarts si nombreux, de si honteux forfaits,
Amenèrent bientôt de plus tristes effets.
D'un Dieu juste et sévère on craignait la vengeance,
Du Monarque des cieux on nia l'existence,
Et pour se dérober à son bras tout-puissant
Le Crime à son secours appela le Néant :
Le Néant vint régner sur la terre égarée,
Et la Religion s'enfuit désespérée ;
L'Athéisme à ses lois asservit l'univers,
On vit Dieu sans ministre et ses temples déserts ;
Ainsi que notre corps, notre âme fut mortelle,
Et la nuit du tombeau fut la nuit éternelle.
Le vice sans terreur à son dernier instant
Appelait à grands cris, le Néant ! le Néant !
Et la triste vertu dont les longues souffrances
Avaient trop acheté de justes récompenses,
Cherchant dans l'avenir un espoir consolant,
N'entendait que ces mots, le Néant ! le Néant !
  Tel fut des mœurs du tems le résultat funeste ;
Aux siècles à venir un siècle entier l'atteste ;
On redoutait un Dieu justement irrité,
Et la corruption causa l'impiété.
Tout de la vérité conjura la ruine ;
Apôtres déclarés d'une vaine doctrine,

S'élevèrent bientôt de subtils discoureurs,
Qui, s'honorant entr'eux du beau nom de penseurs,
Et prêchant l'athéisme en leurs nombreux ouvrages,
Du mal déjà naissant accrurent les ravages :
Par des sophismes vains, ces auteurs dangereux
Des lecteurs abusés fascinèrent les yeux ;
L'Esprit d'Helvétius passa pour un miracle ;
Diderot fut un dieu, Condorcet un oracle.
Raynal, le lourd Raynal, dans ses pesants écrits,
A force de grands mots aveugla les esprits ;
Ce fracas foudroyant d'hyperboles glacées,
Ces déclamations sans mesure entassées,
Tout ce grand appareil séduisit les lecteurs,
Et Raynal fut bientôt au rang des grands auteurs.
Voltaire, dont le nom était cher au Parnasse,
Qui non loin de Racine occupait une place,
Voltaire sut voiler ses erreurs avec art,
Et de la raillerie aiguisa le poignard ;
Un blasphême plaisant ne fut plus un blasphême,
Et Moïse et David, et Jésus et Dieu même,
Tout devint le sujet d'un bon mot criminel,
Et chacun mit sa gloire à braver l'Eternel.
    Cependant au milieu de cette secte impure
Qui souillait ses talents en servant l'imposture,

Quelques hommes restaient, dont la sage raison
Respectait l'Evangile et la Religion.
Montesquieu proclama qu'elle était nécessaire,
Et reconnut de Christ le sacré caractère;
Buffon dans ses écrits ne l'insulta jamais;
Rousseau prenait plaisir à vanter ses bienfaits;
Et si l'erreur souvent égara son génie,
Sa bonne foi du moins ne fut point démentie;
Un système odieux ne fut jamais le sien,
Si son esprit doutait, son cœur était chrétien.
  Néanmoins l'athéisme exerçait ses ravages,
L'erreur se propageait sur de lointains rivages;
Son domaine naissant s'étendait tous les jours,
Elle parlait au peuple, et régnait dans les Cours;
Bientôt de ses fureurs on ressentit l'atteinte,
La vertu fut sans force, et le vice sans crainte;
Du pouvoir souverain l'on méprisa les droits:
Qui brava l'Eternel, peut bien braver les Rois.
Louis, trop vertueux pour soupçonner le crime,
Devint de sa bonté la première victime;
Trop faible sur le trône, il fut grand dans les fers,
Et sa gloire naquit au milieu des revers.
A ce malheureux Prince on arracha la vie;
Les monstres triomphaient : leur atroce furie

Fit du peuple français un peuple de bourreaux,
Et le Dieu de ces tems fut le Dieu des tombeaux.
De morts et de débris les campagnes couvertes ,
Les peuples désolés, et les villes désertes,
Et le père et le fils percés des mêmes coups ,
Et la veuve pleurant sur le corps d'un époux ,
Et de faibles enfants redemandant leurs pères,
Et les cris furieux de bourreaux sanguinaires ,
Monstres enorgueillis des maux qu'ils avaient faits ,
Voilà le siècle impie, et voilà ses forfaits !
France , ces cruautés ont souillé ton histoire ,
Leur affreux souvenir obscurcira ta gloire !
    Toi-même dans ces jours d'opprobre et de douleur,
Noble Châteaubriand, tu connus le malheur :
Proscrit et fugitif de rivage en rivage ,
Jouet infortuné des vents et de l'orage ,
Tu portais tes chagrins en de lointains climats,
Près du Meschacebé tu promenais tes pas ;
Fatigué des ennuis de ta triste existence ,
Aux rives de l'Ohio tu demandais la France ;
Et lorsqu'un voyageur , aux bords américains ,
Des malheureux Français te contait les destins ,
Invoquant du Seigneur la justice éternelle,
Tu plaignais ta patrie , et tu priais pour elle !

L'Amérique souvent a vu couler tes pleurs,
Le désert fut souvent témoin de tes douleurs,
C'est là que, te livrant à la mélancolie,
Tu rêvais tristement aux chagrins de ta vie;
La cataracte au loin jaillissait dans les airs,
Sa voix allait roulant dans les vastes déserts;
L'astre errant de la nuit éclairait la Savane,
Et l'Indien fugitif, chassé de sa cabane,
De Chactas avec toi pleurant le triste sort,
Te contait ses malheurs, ses vertus et sa mort.
Tu nous as répété ces chants pleins de tendresse,
Où des fils de l'exil se peignait la tristesse;
Le désert me semblait s'animer à ta voix,
J'errais avec Chactas sous l'ombrage des bois;
Je souffrais de ses maux, de ceux de son amante,
Quand ils étaient heureux, mon ame était contente.
J'étais près d'Atala dans ses derniers instans,
J'ai vu la jeune fleur tomber avant le tems;
D'un amant sans espoir j'ai senti la souffrance,
J'ai suivi le convoi dans un morne silence,
J'ai, près de son tombeau, chanté l'hymne de mort,
Du malheureux Chactas j'ai partagé le sort,
J'ai cru perdre avec lui le bonheur de ma vie,
Et ma main a cherché celle de mon amie.

O toi qui sais si bien le secret d'enchanter,
Dans tes nobles travaux ne va pas t'arrêter ;
Heureux Châteaubriand, écrivain plein de charmes,
Ton silence trop long causerait des alarmes,
Parle encor du Seigneur aux Chrétiens attendris :
Qui pourrait être impie en lisant tes écrits ?